# THÉATRE DE PARIS.

## CHOIX DES PIÈCES NOUVELLES.

## THÉATRE DES JEUNES ÉLÈVES.

# CHOIX D'UNE CZARINE,

COMÉDIE-VAUDEVILLE EN DEUX ACTES.

*30 centimes.*

PARIS,

LACOUR, LIBRAIRE - ÉDITEUR,
RUE DES BOUCHERIES-SAINT-GERMAIN, 38;
BRÉAUTÉ, PASSAGE CHOISEUL, 30. —

1842

# LE CHOIX D'UNE CZARINE

## COMÉDIE-VAUDEVILLE EN DEUX ACTES,

### (TIRÉE DES ANNALES RUSSES),

PAR

## M. JEAN CZYNSKI.

Représenté, pour la première fois, à Paris, sur le théâtre des Jeunes Élèves (passage Choiseul),
le 5 février 1842.

— ⚬CₒGₒ⚬ —

## DISTRIBUTION.

| Personnages : | | Acteurs : |
|---|---|---|
| ALEXIS, père de Pierre-le-Grand, czar de Russie. . . . | MM. | BÉROU. |
| LE PRINCE BOURAKIN. . . . . . . . . . . | | ÉDOUARD E..... |
| FÉDOR NARYCHKIN. . . . . . . . . . . . | | BONNET. |
| MICHEL. . . . . . . . . . . . . . | | DESMONT. |
| PASTELLO, cuisinier du czar. . . . . . . . | | ARQUET. |
| UN CHAMBELLAN. . . . . . . . . . . | | POULAIN. |
| UN OFFICIER. . . . . . . . . . . . | | CHARLES. |
| LA PRINCESSE BOURAKIN. . . . . . . . . | MMlles | MARIE Y.... |
| NATHALIE NARYCHKIN. . . . . . . , . . . , . | | Hte BERTRAND. |
| SEIGNEURS MASQUÉS. . . . . . . , . , . | | |
| GARDES. | | |
| LAQUAIS. | | |

Au premier acte, la scène se passe à Moscou, dans une cabane; au deuxième acte,

Au palais du Kremlin.

## ACTE PREMIER

L'intérieur d'une cabane, une porte au milieu et une de côté; une fenêtre en face des spectateurs.

### SCÈNE I.

#### MICHEL ( seul.)

Par ici, par ici, Fédor... Arrive donc, mon ami. Pauvre père! A cinquante ans, faire trente lieues à pied, c'est une jolie promenade... Mais il fallait qu'il vînt pour veiller lui-même sur la conduite de son enfant. Mademoiselle Nathalie, voilà votre père; vous vous arrangerez avec lui comme il vous plaira... Quant à moi, je promets bien de ne plus me charger de l'éducation d'une jeune fille.

### SCÈNE II.

#### LE MÊME, FÉDOR.

MICHEL. comment ça va, mon vieux?... Tu dois être bien fatigué?

FÉDOR. Oui, bien fatigué, comme on peut l'être après trois jours de marche au milieu de la neige et de la glace. Toujours pauvre, mais toujours content, comme un vieux soldat qui loue le bon Dieu et qui n'a rien à se reprocher. Et toi?

MICHEL. J'aurai des choses étranges à te raconter.

FÉDOR. Je t'écouterai volontiers : mais n'oublie pas que je suis père; qu'il y a deux ans que je n'ai vu ma Nathalie, et qu'avant tout, je voudrais l'embrasser.

MICHEL. Plus bas ! plus bas !

FÉDOR. Pourquoi?

MICHEL. Il ne faut pas qu'elle t'entende.

FÉDOR. Oh, mon Dieu! serait-elle malade ?

MICHEL. Grâce au ciel, elle se porte à merveille.

FÉDOR. Laisse-moi donc, je veux la voir; mille bombes ! ne suis-je pas son père? n'ai-je pas le droit d'embrasser mon enfant..., ma fille unique.

MICHEL. Patience, Fédor, penses-tu que je me plairais à te faire de la peine? ne suis-je pas ton ami?

FÉDOR. Oh! c'est vrai, brave ami, comme il y en a peu dans ces mauvais temps. Quand ma ferme a péri par l'incendie; quand je fus réduit à la misère, tu as recueilli ma bonne Nathalie ; tu as pris soin de son éducation; tu l'as traitée comme si elle était ta propre fille ; je sais apprécier les services que tu m'as rendus. Mais tout cela, Michel, ne me prive pas de mes droits de père. Je veux embrasser mon enfant.

MICHEL. Laisse-moi te parler un moment, tu sauras pourquoi je lui ai caché ton arrivée; après tu feras ce que tu voudras... Assieds-toi.

FÉDOR (s'asseyant). Je t'écoute, mais hâte-toi, tu sais que je n'aime pas attendre; malgré mes cinquante ans, je suis aussi brûlant que je l'étais au régiment, et si tu me retiens trop longtemps, je forcerai la consigne.

MICHEL. Toujours le même. Prends garde que ta vivacité ne te joue un mauvais tour. Mon brave Fédor, tu m'as confié Nathalie. Quand je la reçus dans ma maison, je me préparai à quelques sacrifices, à quelques embarras, mais je m'y résignai d'avance car je le faisais pour un honnête homme. Cependant Nathalie était si bonne, si aimable, si assidue, que loin d'être pour moi un désagrément ou un fardeau, elle devint la joie de ma maison.

FÉDOR. Je m'y attendais, chère enfant!

MICHEL. Elle se livre à l'étude avec ardeur; elle a appris à dessiner et à broder, ce qui fait que nonseulement elle jette le charme sur ma maison, mais qu'elle gagne assez pour n'avoir pas besoin de recourir à moi pour son entretien.

Air : *de l'Artiste.*

Sa figure est charmante
Pour son cœur, c'est le lien :
Sa voix, quand elle chante,
A l'âme fait du bien.
Courageuse, elle espère,
Par un constant labeur,
Au sein de la misère
Apporter le bonheur.

FÉDOR. C'est un trésor ; j'en suis fier.

MICHEL. Tout le monde l'aime.

FÉDOR. Cela doit être.

MICHEL. Écoute ce qui arrive.

FÉDOR. Voyons.

MICHEL. Depuis deux mois, deux personnes fréquentent ma cabane. L'une est un italien, cuisinier de la cour; il aime Nathalie et la demande en mariage. Il est au plus petit soin pour elle; il lui apporte des livres, des dessins. Pour te prouver jusqu'à quel point il tâche de prévenir ses moindres désirs, je te dirai de quoi il s'occupe dans ce moment : tu sais que c'est demain le grand jour pour le choix de notre czarine.

FÉDOR. Comment! demain?... Je n'en savais rien. Que veux-tu?..... A trente lieues de la capitale.

MICHEL. Oui, c'est demain qu'aura lieu la grande cérémonie au palais du Kremlin. Selon les anciens usages, les seigneurs amènent, au palais du Czar, soixante jeunes filles, choisies parmi les premières familles, et c'est demain qu'Alexis désignera celle qui doit porter la couronne. Nathalie, curieuse comme le serait toute jeune fille à sa place, a dit en riant qu'elle donnerait la moitié de sa vie pour voir ce bal où le Czar, sous le masque, choisit la plus belle fille de la Russie. Eh bien !... mon cuisinier assura de suite qu'il perdrait son nom s'il ne se procurait des billets d'entrée pour moi et pour Nathalie. Oh!... il l'aime, c'est sûr.

FÉDOR. Il faut les marier.

MICHEL. Je le désirerais aussi, mais c'est qu'il existe un petit obstacle.

FÉDOR. Lequel?

MICHEL. Nathalie ne l'aime pas.

Fédor. Et tu appelles cela un petit obstacle?

Michel. Elle en préfère un autre : un capitaine, un homme que je ne comprends pas; un inconnu qui n'a rien et qui ne parle pas même de mariage. Comme il va aussi à la cour, je n'ai point osé le mettre à la porte; c'est pourquoi, craignant un piège, une séduction, et ne sachant comment me tirer d'embarras, je t'ai écrit.

Fédor (se levant). Un piège, une séduction. Par Saint-Nicolas ! malheur à lui s'il tombe dans mes mains, je lui apprendrai à danser, à ce monsieur de la cour; tu as bien fait, Michel, de m'appeler; je t'en remercie.

Michel. Je dois ajouter que depuis quelque temps ma maison est devenue le rendez-vous des grands seigneurs; des espions rôdent autour de ma cabane, et même la princesse Bourakin, celle que le czar doit épouser, dit-on, ne dédaigne pas ma chaumière. Elle a chargé Nathalie de lui broder le voile qu'elle doit porter à la cérémoni : de demain. Tout cela cache un mystère; tout cela m'intrigue, m'inquiète.

Fédor. Mon ami, il faut en finir, il faut que Nathalie épouse le cuisinier de la cour, si non je fais volte-face et je l'emmène avec moi à la campagne. Nous vivrons comme nous pourrons. À tout compter, je la préfère pauvre que livrée aux piéges de nos seigneurs de la capitale. Où est-elle? je veux lui parler.

Michel. Patiente, un moment; les deux amoureux ne tarderont pas à venir. Tu ferais bien de les juger par toi-même. Ne disons rien encore de ton arrivée à Nathalie. Caché dans ce cabinet, tu les verras, tu les entendras. Tu peux te faire un peu de violence quand il s'agit du bonheur de ton enfant...

Air : l'Anonyme.

Là tu pourras, ainsi que son bon ange,
Veiller sur elle en divin protecteur;
Tu lui verras repousser cet échange
De la vertu contre un peu de grandeur.
Mais si l'éclat des grandeurs, des richesses
Pouvait jamais un instant l'éblouir
En retrouvant d'un père les caresses
L'illusion devra s'évanouir.

Fédor. Tu as raison; avant de parler à Nathalie je ferai connaissance avec nos messieurs. Donne moi ta main, Michel, tu es un brave ami... Toujours le même.

Michel. J'entends quelqu'un.

Fédor. C'est peut-être notre gaillard.

Il se cache à droite.

## SCÈNE III.

MICHEL, LA PRINCESSE BOURAKIN, LE PRINCE BOURAKIN, UN LAQUAIS.

Michel. C'est la princesse avec sa suite; elle n'est pas encore czarine et déjà elle voudrait marcher sur nos têtes. Elle me ferait un grand plaisir si elle restait dans son palais.

La Princesse (à la cantonnade). Que les voitures nous attendent... Si quelqu'un voulait nous parler, envoyez-le au château... Bonjour, Michel... Ouvrez la croisée, l'air est lourd ici (s'asseyant) : Oh ! comme vos chaises sont dures... J'arrive très mécontente, je vais gronder votre Nathalie; je voulais prendre cette petite fille sous ma protection, mais elle n'y tient pas à ce qu'il paraît. Le voile que je lui ai donné à broder n'est pas encore achevé, et j'en ai besoin pour la cérémonie de demain

Michel. Madame...

La Princesse (à son père). Les jeunes filles de campagne ne comprennent pas l'importance de leurs engagemens.

Bourakin. Cela manque d'éducation.

Michel. Cependant, la pauvre enfant a travaillé toute la nuit.

La Princesse. Qu'est-ce que cela me fait... Je lui ai dit que je ne tenais pas à quelques pièces d'or de plus, pourvu que le voile fût bien brodé et fait vite.

Bourakin. On travaille comme quatre quand on veut finir à temps.

Michel. Je vais appeler Nathalie, peut-être a-t-elle déjà terminé son ouvrage?

La Princesse. Allez, et dites lui que je l'attends... On ne devrait mener ces gens-là qu'à coups de fouet...

Michel (à part). Je préférerais voir un démon que cette femme.

## SCÈNE IV.

### LA PRINCESSE, LE PRINCE.

LA PRINCESSE. Enfin nous voilà seuls, mon père, combien je suis heureuse; demain je serai czarine.

LE PRINCE. Tout porte à le croire.

LA PRINCESSE. Je le vois, dans les prévenances des courtisans, tous rampent, tous s'inclinent d'avance, même les ambassadeurs des cours étrangères tâchent de prévenir mes moindres désirs.

LE PRINCE. Parmi les soixante filles des Boyards appelées à briguer la main du monarque, il n'y en a pas une seule qui puisse t'égaler.... Notre maison a rendu de grands services à la couronne, et je n'ai rien négligé pour préparer ma fille à sa haute destinée.

LA PRINCESSE. Oh! mon père, vous serez content de moi; vous verrez comme je saurai régner... Personne n'osera m'approcher... Je me ferai respecter.

LE PRINCE. Il faudra abaisser la famille de Dolgorouki.

LA PRINCESSE. Je l'enverrai en exil.

LE PRINCE. Le palais qu'il a bâti me fait mal.

LA PRINCESSE. Je le ferai brûler.

LE PRINCE. Sa fille a aussi des prétentions à la couronne.

LA PRINCESSE. Je lui ferai épouser le cuisinier du czar.

AIR : du Baiser au porteur.

Déjà je me vois souveraine:
Tout le monde subit ma loi,
Et pour échapper à ma haine
Chacun veut penser comme moi. Bis.
La mode, enfant de la folie,
Se réglera sur mon désir,
Ma plus légère fantaisie
De tous deviendra le plaisir.

De mes rivales, l'espérance,
Disparait devant mon pouvoir,
Et j'ai désormais l'assurance
De les réduire au désespoir. Bis.
Voyez où j'aspire, mon père,
A chacun son rôle et sa part;
Le czar gouvernera la terre
Et je gouvernerai le czar.

Mais mon père, n'y aurait-il pas moyen de reconnaître Alexis.... Vous savez que je ne l'ai jamais vu... Demain, au milieu du bal, sous un déguisement, il doit sonder le cœur et l'esprit de sa fiancée. Je ne serais pas fâchée de connaître les signes d'après lesquels je pourrais d'avance distinguer mon royal époux.

LE PRINCE. C'est impossible; la peine de mort pour celui qui oserait trahir le secret du monarque. Malgré tout l'attachement que j'ai pour toi; malgré le plus vif désir de te voir sur le trône, je ne me permettrais pas de contrevenir aux ordres précis du czar.

AIR : Tenez, moi, je suis un bon homme.

Dans ce carnaval politique
Tout est important, sérieux,
Et ce qu'on a cru très comique
Devient tout à coup périlleux:
Ayons une extrême prudence,
C'est qu'il ne faudrait pas, oui dà!
Malgré sa bouffonne apparence,
Rire avec ce carnaval-là.

Cependant...

LA PRINCESSE. Eh bien?

LE PRINCE. Le bruit court...

LA PRINCESSE. Oh! dites, je vous en prie.

LE PRINCE. On assure que le czar portera sur son chapeau... un panache rouge.

LA PRINCESSE. Un panache rouge!

LE PRINCE. J'ai acheté ce secret au poids de l'or.

LA PRINCESSE. Mon cœur l'aurait reconnu, deviné, mais avec ce signe certain, je suis plus sûre d'atteindre mon but. Que la journée me semble longue, je voudrais déjà me trouver au palais du Kremlin...Et cette petite qui ne vient pas. Est-il vrai mon père que le Czar s'abaisse à causer avec cette campagnarde?

LE PRINCE. Si mes renseignemens sont exacts, il vient quelquefois dans cette maison.

LA PRINCESSE. Quel peut être son projet?

LE PRINCE. Tu sais qu'il aime à parcourir les cabanes pour connaître les besoins du peuple, pour apprendre les vérités qui lui échappent à la cour, à ce qu'il dit.

LA PRINCESSE. Mais la petite?...

LE PRINCE. Oh!... elle n'est pas dangereuse ! Sans naissance... sans éducation..: en tout cas ce ne serait qu'un caprice... une fantaisie.

La Princesse. Le lendemain de mon règne je la ferai chasser.

Le Prince. Et tu feras bien.

## SCÈNE V.

### LES MÊMES, NATHALIE.

Nathalie. Oh! Pardon, madame, si j'arrive un peu tard mais j'ai voulu vous apporter mon travail fini. Grâce à Dieu il est achevé, puisse-t-il vous plaire, madame, c'est tout ce que je desire!...

La Princesse. Montrez (*à part*). L'air commun.

Le Prince (*à part*). Véritable paysanne...

Nathalie. Cette partie, je l'ai faite pendant la nuit ; quelques traits ne sont peut-être pas assez légers. On y voit la précipitation, je regrette de ne point avoir eu plus de temps devant moi.

La Princesse. C'est mal fait, c'est lourd; regardez, mon père, il m'est impossible de porter ce voile.

Le Prince. La princesse, ma fille, ne peut se servir d'un tel chiffon.

La Princesse. Je m'aperçois qu'on m'a trompée. On m'a dit que vous excelliez dans la broderie. Je n'y vois ni grâce ni légèreté, et même j'y remarque de la négligence et de la mauvaise volonté.

Natalie. Oh madame... Il est possible que vingt personnes fassent mille fois mieux que moi. Mais ne dites pas que j'ai négligé cet ouvrage, j'ai un vieux père, c'est pour diminuer ses peines que je travaille, et croyez moi, madame, pour atteindre ce but, la bonne volonté, et la patience ne me manquent pas.

Air : *Au temps heureux de la Chevalerie.*

Quand le travail, fatiguant ma paupière
Ferme mes yeux d'un paisible sommeil,
Et que l'éclat de ma faible lumière
Pâlit, s'efface aux rayons du soleil.
Pour soutenir un instant mon courage
Je pense à Dieu, je songe à l'avenir,
A mon vieux père, à son cœur, à son âge,
Alors je sens ma force revenir.

La Princesse. Je ne peux garder ce voile heureusement que je n'y comptais pas, j'en ai vingt dans ma toilette qui sont d'un travail bien supérieur. Gardez-le ma petite vous le mettrez les jours de fêtes et...

Je vous le paierai, prenez cette bourse.

Nathalie. Pardon, madame, je reçois le prix de mes travaux ; je n'accepte pas l'aumône.

Air : *Époux imprudent.*

Madame, dans notre misère,
Nous avons la fierté du cœur;
Le pauvre vit de son salaire
Comme vous de votre grandeur. *Bis.*
Pour d'autres gardez votre aumône,
Votre pitié me fait rougir
C'est bien assez d'y recourir
Quand la force nous abandonne.

Le Prince. La fierté où va-t-elle se nicher..,

La Princesse. Mademoiselle a de l'orgueil, mademoiselle se fâche; ah! ah! ah!.. Peut-être faudra-t-il vous demander pardon de vous avoir chargée d'un travail que vous ne savez pas faire. Sortons, sortons mon père.

Le Prince. Et ne revenons plus ici, cette maison ne convient ni à notre rang ni à notre destinée.

La Princesse. Mademoiselle, quand vous voudrez gagner votre pain par votre travail, soyez un peu moins fière, et surtout ne perdez pas votre temps à causer avec des seigneurs de la cour... Cela se fâche, ah! ah!

Le Prince. Ah!.. ah!.. ah!...

## SCÈNE VI.

### LES MÊMES, LE CZAR, PASTELLO.

La Princesse (*à son père*). Quels sont ces deux messieurs?

Le Prince. C'est...

La Princesse. Ce n'est pas le czar, je pense.

Le Prince (*retenu par un signe du czar*). Oh! non, non.

Le Czar et Pastello saluent respectueusement la princesse. Le prince s'incline devant le czar, qui lui fait signe de sortir.

## SCÈNE VII.

### NATHALIE, le CZAR, PASTELLO, FÉDOR.

Nathalie. Mon Dieu ! qu'ai-je fait

Air : *J'en quête un peu.*

J'ai besoin de tout mon courage;
Mon Dieu ne m'abandonnez pas
Pour supporter un tel outrage
Et soutenir mes faibles pas;
Pour qu'il insulte à ma détresse,
Qu'ai-je donc fait à ce monde insolent?
Par mon travail indépendant
N'ai-je pas aussi ma noblesse?

PASTELLO *à part.* En avant Pastello.... Pour le moment oublie et tes fourneaux et ta cuisine royale, fais le sentimental, fais l'amoureux, telle est la volonté de ton maître.. Obéis.

LE CZAR *à part.* Pauvre enfant !.. Comme elle est triste, ce n'est qu'auprès d'elle que j'oublie les soucis de ma couronne... Tâchons de sonder son cœur, mettons à l'épreuve et son affection et sa vertu; voyons si son âme est aussi belle que sa figure.

NATHALIE. Oh ! je suis bien malheureuse !

PASTELLO. A qui la faute ?

LE CZAR. Est-ce que votre avenir ne dépend pas de vous-même?

NATHALIE. Vous, ici?

LE CZAR. Oui, nous avons tout entendu, nous comprenons votre chagrin et nous nous étonnons que vous ne vouliez pas mettre un terme à vos souffrances.

PASTELLO. Allons, un peu de gaîté, il faut se faire une raison; vous ne savez donc pas ce que c'est que les caprices d'une grande dame, aujourd'hui la princesse Bourakin n'est pas contente, demain elle sera ravie, enchantée, et elle reprendra votre voile si beau... si bien brodé.... (*au Czar*), Regardez.

LE CZAR. Quelle injustice ! dénigrer un aussi beau travail.

NATHALIE. Oublions cela... Je n'y pense plus, je commencerai un nouvel ouvrage, peut-être serai-je plus heureuse.

LE CZAR. Enfin vous voilà plus raisonnable.

PASTELLO, Bravissimo !.. j'espère pouvoir contribuer à vous rendre un peu plus joyeuse. Vous avez manifesté le désir d'assister à la grande cérémonie du choix de notre czarine, j'ai tant prié, supplié, tourmenté le Grand-Maréchal de la cour, que j'ai obtenu une carte d'admission pour vous et votre tuteur; vous serez très bien placés et vous pourrez tout voir. Tenez.

FÉDOR *à part.* C'est notre cuisinier amoureux.

NATHALIE. Je vous en suis sincèrement reconnaissante, mais je ne pourrai en profiter; hier j'étais gaie, aujourd'hui j'ai besoin de travailler, je n'ai pas le droit de me livrer au plaisir.

LE CZAR. Et pourquoi continuer cette vie si pénible ?. toujours travailler, être exposée aux caprices des autres quand vous pourriez être indépendante? Pastello vous aime, il vous offre sa main, son avenir, pourquoi le refuser?

FÉDOR *à part.* C'est notre séducteur !

PASTELLO. Oui, signora, je viens auprès de vous pour mettre un terme à vos souffrances. Mon cœur brûle d'amour, je ne pense qu'à vous. Je ne parle, je ne rêve que de vous. Vous êtes toujours devant mes yeux. Hier, je fus en retard pour le dîner du Czar. J'ai brûlé le rôti royal, j'ai manqué d'être pendu, et tout cela parceque mon âme n'était occupée que de vous. Dites un mot et je vous offre ma main, mon nom, ma petite fortune avec tous les honneurs de mon emploi et tous les agrémens de la cuisine impériale.

LE CZAR. Ne rejetez pas sa demande.

FÉDOR *à part.* A ce qu'il paraît il fait les affaires de l'autre, sa mine ne me convient pas.

NATHALIE. Je comprends, Monsieur, tout ce qu'il y a de généreux d'offrir votre main et votre nom à une pauvre fille comme moi, mais votre bonté même m'engage à être franche envers vous. Je voudrais vous savoir heureux, et je ne pense pas pouvoir faire votre bonheur.

LE CUISINIER. C'est votre dernier mot, signora.

LE CZAR. Nathalie.

NATHALIE. Je ne veux pas vous tromper, Monsieur, c'est mon dernier mot.

PASTELLO. Voilà une réponse à la sauce-piquante.

LE CZAR. Vous êtes sans pitié.

FÉDOR *à part.* Où veut-il en venir.

PASTELLO. Mademoiselle, puisque telle est votre résolution, je ne vous tourmen-

terai plus de mes prières, j'irai m'englou-
tir dans la fumée de ma cuisine. Vous
pouvez toujours disposer de moi, soyez
heureuse et pensez quelquefois à l'infor-
tuné Pastello.

NATHALIE. La manière dont vous me
quittez redouble mon estime pour vous.

PASTELLO *à part.* Mon maître joue ici
une drôle de comédie, je le surveillerai,
et je prendrai part au dénouement.

*Il sort par le fond.*

## SCÈNE VIII.

### Le CZAR, NATHALIE, FÉDOR *caché.*

LE CZAR. Pauvre homme ! Vraiment
j'ai pitié de lui, tant d'amour payé par
tant d'indifférence.

NATHALIE. Oui, Monsieur, son attachement sincère pour moi parle en sa faveur,
et si vous le voulez je regrette que Dieu
ne m'ait pas inspiré pour lui l'amour
que j'éprouve pour vous. Mais vous qui
le savez, à qui dans un moment d'oubli
que je regrette j'ai découvert le secret de
mon âme, comment osez-vous demander ma main pour celui que je n'aime
pas ? Vous pouvez rire des sentimens
que vous avez inspirés, vous pouvez offrir
votre cœur, en épouser une autre, je ne
vous ferai aucun reproche, mais ne m'insultez pas par vos conseils et par l'inté-
rêt que vous portez à celui que je n'aime
pas.

FÉDOR *à part.* Bien, très bien, nous
verrons comment il s'en tirera.

LE CZAR. Nathalie !

NATHALIE. Oh ! c'est indigne !

LE CZAR. Je suis bien coupable, n'est-
ce pas ?

NATHALIE. Oh! oui, oui, Monsieur, faire
souffrir celle qui ne vous a jamais fait
aucun mal, c'est affreux.

LE CZAR. C'est ainsi que vous me ju-
gez.

NATHALIE. Et que direz-vous pour votre justification ?

LE CZAR. Je vous expliquerai tout,
mais à une condition.

NATHALIE. Il existe donc un mystère?

LE CZAR. Oui, oui, un secret.

NATHALIE. Je le prévoyais, mon cœur

me le disait, parlez, parlez de suite…

LE CZAR. Mais il faut faire la paix avec
moi.

NATHALIE. J'ai tout oublié.

LE CZAR. Tout est pardonné?

NATHALIE. Tout !

LE CZAR. Vous m'aimez.

NATHALIE. Plus que je ne le voudrais.

LE CZAR. Vous m'aimerez toujours?

NATHALIE. Cela dépend.

LE CZAR. Oh non, non, dites que vous
m'aimerez toujours.

NATHALIE. Voyons, Monsieur, c'est trop
sérieux ce que je vous demande; expli-
quez-moi votre conduite; elle m'étonne,
m'effraie quelquefois, vos actions vous
accusent, mon cœur vous absout. Vous
me paraissez odieux par vos paroles, et
cependant je vous crois honnête et bon ;
je ne pense pas que vous arriviez ici
pour faire mon malheur, allons, donnez-
moi la clef de l'énigme.

LE CZAR. Hélas !

NATHALIE. Vous soupirez.

LE CZAR. N'est-ce pas que tu me crois
libre de mes actions?

NATHALIE. Au moins libre dans le choix
de votre cœur.

LE CZAR. Libre !.. Libre! oh! enfant
que tu es. Sais-tu qu'Alexis lui-même,
notre czar et maître, ne peut suivre sa volonté, lui, devant qui tremble l'empire ;
il est forcé de se plier aux exigences des
seigneurs, aux convenances de sa haute
position.

NATHALIE. Comment ! que dites-vous?
demain au Palais du Kremlin se réunis-
sent soixante des plus belles filles de l'empire. Alexis n'est-il pas maître d'offrir la
couronne à celle qu'il en jugera la plus
digne.

LE CZAR. Non.. Ne désigne-t-on pas
la princesse Bourakin comme devant
porter le diadême? Crois-tu que le prince
qu'on dit juste, noble, généreux, s'il était
libre dans son choix, pourrait associer à
sa couronne une princesse hautaine, ambitieuse, arrogante. Peut-être aime-t-il
une pauvre jeune fille belle et bonne
comme toi. Penses-tu que les seigneurs
de la Russie la lui laisseraient épouser ?
Jamais ! il sera forcé d'accepter la main
de celle qu'il méprise.

NATHALIE. Pauvre Prince ! il est bien malheureux, à ce prix je ne voudrais pas posséder la couronne. Mais quel rapport peut avoir la position d'Alexis avec la vôtre ?

LE CZAR. Crois-tu que je sois plus libre que mon souverain ?

NATHALIE. Je ne vous comprends pas, expliquez-vous ?

LE CZAR. Tu le veux ?

NATHALIE. Je vous en supplie.

LE CZAR. Le Czar m'a fait choix d'une femme, et je suis forcé d'épouser celle que je n'aime pas.

NATHALIE. Que ferez-vous ?

LE CZAR. J'obéirai.

NATHALIE. Vous épouserez sans aimer ?

LE CZAR. Puis-je lutter contre la volonté du monarque ?

NATHALIE. Qu'ai-je entendu ? malheureuse !

LE CZAR. Nathalie ! tu m'aimeras toujours ?

NATHALIE. Laissez-moi.

LE CZAR. Tu vois que je ne suis pas libre.

NATHALIE. Oh ! je vous comprends à présent vous trompez la jeune fille en lui offrant votre cœur, vous trompez le monarque en donnant votre main à celle qu'il vous a choisi, et vous voulez encore tromper votre ami en lui destinant une femme qui ne l'aime pas. Et vous ne craignez pas d'invoquer le nom de Dieu et de me parler d'amour ? Oh merci ! vous m'avez ouvert les yeux, vous m'avez rappelée à mes devoirs, j'espère que vous ne reviendrez plus.

LE CZAR. Nathalie,

NATHALIE Partez.

LE CZAR. Non... non je resterai je te parlerai de mon amour et tu m'écouteras.

NATHALIE. Non.

LE CZAR. Tu m'aimeras toujours.

NATHALIE. Non monsieur.

LE CZAR. Je t'en supplie à genoux.

## SCÈNE IX.

### LES MÊMES, FEDOR.

FÉDOR, M. le capitaine.

NATHALIE. Mon père.

LE CZAR. Son père :

FÉDOR. J'ai tout entendu, vous venez ici pour séduire une jeune fille... pour troubler le bonheur d'un honnête famille. Savez-vous que tout pauvre que je suis je saurai faire parvenir ma plainte au monarque et signaler un homme qui abuse de son rang, et qui ne mérite pas de porter les insignes de capitaine.

LE CZAR. Monsieur.

FÉDOR. Oui, oui je le dirai et tous les pères de famille prendront mon parti car voyez-vous à nous autres malheureux notre enfant c'est tout notre bonheur... c'est toute notre richesse, et parce que vous êtes un homme de la cour il vous sera permis de nous outrager, et parce que cette enfant n'a personne pour la défendre vous l'insultez.

LE CZAR. Monsieur...

FÉDOR. Monsieur... Vous êtes un...

LE CZAR. Arrêtez.

FÉDOR. Sortez donc, et ne paraissez plus dans cette maison que vous n'avez pas su respecter.

LE CZAR (à part). Que diraient mes courtisans s'ils me voyaient traiter de la sorte. (Haut). Je m'éloigne ; mais j'espère que vous vous repentirez du jugement que vous avez porté sur moi.

Il sort.

## SCÈNE X.

### FÉDOR, NATHALIE.

FÉDOR. Infâme !

NATHALIE. Mon père !

FÉDOR. Viens sur mon cœur, pauvre enfant !

NATHALIE. C'est à genoux que j'implore mon pardon.

FÉDOR. Heureusement que je suis arrivé à temps. Je ne t'accuse pas ; je connais ces messieurs de la cour : que leur font nos larmes et notre désespoir... Mais je ne veux plus t'exposer à leurs pièges hypocrites, je ne te laisserai plus dans cette ville où l'on se joue de la vertu d'un enfant. Fais tes préparatifs, nous retournerons à la campagne.

NATHALIE. Tu ne m'en veux plus, mon père?

FÉDOR. Je t'aime tant! Tu ne regrettes pas la capitale?

NATHALIE. Oh non! J'ai besoin de quitter cette ville, d'effacer de ma mémoire de cruels souvenirs!

FÉDOR. Embrasse-moi encore une fois, Dépêche-toi, nous partons desuite.

*Nathalie sort.*

## SCÈNE XI.

### FÉDOR (*seul.*)

Elle l'aime!... Mais à trente lieues de distance elle l'oubliera ; elle s'occupera de nos rudes travaux. Comme elle est jolie, j'aurais voulu terminer son éducation, mais pourquoi? pour qu'une grande dame l'insulte; pour qu'un homme de la cour la trompe? Oh! non, non. Que veut cet officier ?

## SCÈNE XII.

### LE MÊME, UN OFFICIER, LA GARDE.

L'OFFICIER. Fédor Narychkin?

FÉDOR. C'est moi.

L'OFFICIER. Par ordre du Czar, je vous arrête.

FÉDOR. Qui, moi?

L'OFFICIER. Vous-même. Suivez-nous.

## SCÈNE XIII ET DERNIÈRE.

### LES MÊMES, NATHALIE, MICHEL, PASTELLO.

NATHALIE. Me voilà prête, mon père.

FÉDOR. Adieu, mon enfant, je suis arrêté.

PASTELLO, MICHEL. Arrêté!

NATHALIE. Arrêté! vous, mon père! Pourquoi?

L'OFFICIER. Il a insulté le capitaine de la garde.

PASTELLO, Qui, ce monsieur?

L'OFFICIER. Lui-même.

PASTELLO (*à part.*) Cela se brouille; cela ne fait pas mon affaire...

NATHALIE. Vengeance ! injustice! Que faire !... Quelle pensée!... Ah!... c'est Dieu qui m'inspire!(*A Pastello*): Monsieur, vous avez la carte d'admission pour assister à la cérémonie de demain, vous pouvez me faciliter l'entrée au palais du Kremlin?

PASTELLO. Volontiers, Signora, je n'ai rien à vous refuser.

L'OFFICIER. (*à Fédor*). Allons, suivez-moi.

FÉDOR. Embrasse-moi, mon enfant.

### NATHALIE.

AIR :

Dieu, soutiens ma faiblesse
Qui succombe en ce jour,
Qu'un ange de tendresse
Éclaire mon amour.
En cette peine amère
Il faut, pour mon honneur,
Que je sauve mon père,
Que je garde mon cœur.

Au revoir, mon père.

FÉDOR. Où vas-tu?

NATHALIE. Au palais du czar Alexis, c'est pour moi que tu souffres!.. C'est à moi de te sauver.

*Musique.*

(Le rideau baisse.)

# ACTE DEUXIÈME.

Palais du Czar..

## SCÈNE PREMIÈRE.
### PASTELLO, LE CHAMBELLAN, DOMESTIQUES.

PASTELLO (*s'habillant*). Dépêchez-vous, et n'oubliez aucun des insignes de la couronne; faites de moi un prince; tâchez que l'œil le plus pénétrant et le nez le plus fin ne puissent reconnaître que je suis Pastello, cuisinier.

LE CHAMBELLAN. Voici la chaîne portée par Waldimir-le-Grand.

PASTELLO (*mettant la chaîne*). Ma broche... je voulais dire le sabre.

LE CHAMBELLAN. Tenez c'est le même que portait Ivan le terrible.

PASTELLO. Le manteau que les Princes de Russie mettaient les jours de grandes cérémonies.

LE CHAMBELLAN. Le voici.

PASTELLO. Enfin ce chapeau au panache rouge qui doit remplacer mon bonnet de coton... Voyons, ai-je l'air majestueux?

LE CHAMBELLAN. Vous êtes admirable.. Si je n'avais été témoin de votre déguisement, je vous prendrais pour notre monarque ou au moins pour un grand seigneur; mais voulez-vous m'expliquer...

PASTELLO. Pourquoi ce déguisement? pourquoi simple cuisinier, je me pare des plus riches joyaux de la couronne? C'est que telle est la volonté de notre seigneur et maître. Quitte tes fourneaux et tes casseroles, me dit-il; prends mon diadème et les insignes de la royauté, tu seras Czar aujourd'hui.

LE CHAMBELLAN. Admis à une si haute faveur, vous devez savoir quelle sera notre Czarine?

PASTELLO. Non, mon ami, non, je n'en sais rien encore.

LE CHAMBELLAN. La princessse Bourakin, dit-on.

PASTELLO. La princesse Bourakin.., pas encore. Elle a bien envie de la couronne, mais je ne pense pas qu'elle soit pour elle. Je lui prépare un plat de ma façon qu'elle ne digérera pas facilement.

LE CHAMBELLAN. Puisse-t-elle s'étran-gler, c'est le désir de toute la cour.

PASTELLO. Silence! le Czar.

## SCÈNE II.
### LES MÊMES, LE CZAR, GARDES;

LE CZAR. Debout, Messieurs, debout, n'oubliez pas que je suis simple capitaine. Pastello est votre czar aujourd'hui. Malheur à celui qui découvrirait son nom et son rang. (*au chambellan*) Vous, donnez le signal, que la fête commence. Le cérémonial est banni, que la joie devienne générale sans gêne, sans réserve. Telle est ma volonté. Laissez-nous.

PASTELLO. Laissez-nous. (*Ils sortent.*)

## SCÈNE III.
### LE CZAR, PASTELLO.

LE CZAR. Voyons, que je te contemple. Par ma couronne, tu réussis parfaitement, tête haute, marche grave, c'est bien, je suis content de toi, et si tu remplis bien ton rôle jusqu'au bout; je te donne pour cadeau de noces un village et mille serfs.

PASTELLO. Sire, tant de bontés! un village avec mille serfs, je deviendrai bien riche. J'aurai un équipage et un cuisinier.

LE CZAR. Et mes ordres les as-tu bien compris?

PASTELLO. Je vous ai écouté avec attention, Sire, et j'espère que vous serez satisfait de Pastello.

LE CZAR. Que penses-tu de la princesse Bourakin?

PASTELLO. Vous m'avez permis de m'expliquer avec toute franchise.

LE CZAR. Parle.

PASTELLO. Il n'y a rien de noble dans son cœur.

LE CZAR. Pastello.

PASTELLO. Pardon, Sire, mais je vous en donnerai les preuves si vous me laissez agir jusqu'à la fin.

LE CZAR. Tu ne penses qu'à la jeune Narychkin, son père est un rustre, un grossier, un malhonnête.

PASTELLO. Il a servi dans l'armée de votre Majesté, et sa poitrine est couverte de blessures. Si le nouveau czar ne craignait d'offenser le capitaine, il commencerait son règne par rendre la liberté à un vieux soldat.

LE CZAR. Ne t'en mêle pas. Règne au bal, les affaires du dehors ne te regardent pas; prends ton masque, va au salon, les hommages ne te manqueront pas; tâche de faire des conquêtes, je me charge du dénouement.

PASTELLO ( *à part en sortant.* ) Je l'assaisonnerai à ma guise.

Il sort.

( La musique du bal se fait entendre. )

## SCÈNE IV.

### LE CZAR (*seul.*)

LE CZAR. Le voilà dans le salon; quel empressement! tout le monde le prend pour le maître du Nord. Pauvres jeunes filles! elles ne voient que le brillant du sceptre, elles ne rêvent que gloire et puissance. Chacune d'entr'elles voudrait régner. Oh! si vous saviez quel péril il y a de vouloir s'élever au-dessus des autres. Si vous saviez combien est lourd le fardeau de la couronne, vous préféreriez rester ignorées au sein de vos paisibles familles. Et moi, puissant monarque, que de fois j'ai envié le sort d'un simple boyard. Au moins dans l'acte le plus important de sa vie il sait qu'il unit sa destinée à celle dont il est aimé; il ne craint pas les paroles mensongères, tandis que nous, malgré notre pénétration, nous ne pouvons distinguer l'ambition de l'amour. Je souffre de dissimuler et de feindre, mais je ne dois pas hésiter à prendre un déguisement quand il s'agit du bonheur de mon peuple (*il se couvre d'un domino et regarde les masques qui circulent.*) Voici Pastello avec une dame; bravo! bravo! je parie qu'elle est amoureuse de mon cuisinier.

## SCÈNE V.

### LE CZAR, NATHALIE.

NATHALIE. Où me rendre? à qui me confier? qui, au milieu de cette fête solennelle voudra m'écouter? on ne voit ici que danse et joie; qui fera attention à mes larmes? ô mon Dieu! ayez pitié de mon pauvre père! Que vois-je!... c'est lui.

(la musique cesse.)

LE CZAR. Nathalie!

NATHALIE. Tout est perdu.

LE CZAR. Pourquoi?

NATHALIE. J'arrive dans ce palais pour sauver mon père, et la première personne que je rencontre, c'est l'homme qui a causé mes malheurs.

LE CZAR. Pouvez-vous le penser?

NATHALIE. N'est-ce pas vous qui l'avez accusé?

LE CZAR. Je n'y suis pour rien.

NATHALIE. Quel autre que vous pourrait en vouloir à un vieillard inoffensif? oh! expliquez-vous; je donnerais la moitié de ma vie pour vous estimer.

LE CZAR. Tu n'as rien deviné?

NATHALIE. Hélas! ma tête s'égare... mon père est au cachot et moi je vous écoute; je voudrais vous fuir et je ne sais quelle force me retient auprès de vous; je suis bien coupable!..

LE CZAR. Nathalie, écoute-moi.

NATHALIE. Que pouvez-vous avoir à me dire?

LE CZAR. Tu sais que le czar Alexis aime à pénétrer dans les maisons inconnues?

NATHALIE. Eh bien?

LE CZAR. Que dirais-tu si, déguisé et sous le nom d'un de ses serviteurs, il fut entré dans la tienne?

NATHALIE. Le czar!... est-il possible?

LE CZAR. Oui, Alexis avait du plaisir à te voir et à causer avec toi.

NATHALIE. Comment, celui que je prenais pour un cuisinier?

LE CZAR. Lui-même, garde-toi de me trahir.

NATHALIE. En effet, c'est lui qui m'a ouvert les portes du Kremlin. Comme à son approche tous s'inclinaient! avec quel enthousiasme il me parlait du czar, oh oui!.. malheureuse, je suis perdue.

LE CZAR. Pourquoi ces larmes?

NATHALIE. Mon pauvre père! je voulais me jeter aux genoux du monarque pour me plaindre et obtenir justice, et c'est le czar lui-même qui nous condamne.

Le Czar. Tout peut se réparer.

Nathalie. Je vous comprends, à présent. Vous n'étiez pas libre de vos paroles, de vos actions. Vous êtes toujours bon et brave; vous avez obéi seulement à une volonté devant laquelle tout fléchit. Je vous accusais injustement. Soyez donc ma providence; dites-moi ce qu'il faut faire? Vous hésitez... vous ne pouvez rien...

Le Czar. Au contraire.

Nathalie. Oh dites, dites de suite!

Le Czar. Vous rendrez votre père libre et heureux.

Nathalie. Comment? par quel moyen?

Le Czar. Alexis vous aime, Nathalie, je veux vous conduire auprès de lui; ne le regardez pas avec des yeux sévères... recevez-le avec un sourire... donnez-lui un rayon d'espérance; l'homme, que peut-il refuser à la femme qu'il aime, quand cette femme est prête à l'aimer.

Nathalie. Mon Dieu! ai-je bien entendu?

Le Czar. Oui; vous avez repoussé Alexis lorsqu'il n'était pour vous qu'un simple courtisan; mais contemplez-le dans toute sa puissance, dans toute sa grandeur. Voyez, les plus nobles filles de la Russie ambitionnent ses faveurs, ses regards. Courbez-vous devant son autorité suprême et votre sort sera changé, et vous vous élèverez au faîte du bonheur.

Nathalie. Que me conseillez-vous?

Le Czar. Le prince est mécontent, car vous l'avez rebuté; il vous comblera de richesses et d'honneurs aussitôt que vous lui aurez donné votre cœur. Vous aurez des palais, des châteaux; tout pliera devant votre puissance, et les grandes dames qui vous dédaignent, qui vous insultent, courberont leurs fronts hautains devant l'amante d'Alexis. Regardez ce luxe, cette magnificence, cette cour nombreuse. Venez, venez.

Nathalie. Laissez-moi.

Le Czar. Dites un mot et votre sort sera changé.

Nathalie. Jamais.

Le Czar. Mais votre père?

Nathalie. Mon père? il me maudirait si je le sauvais au prix d'une telle hypocrisie.

Le Czar. Nathalie, crois-moi.

Air : *des Frères de lait.*

Quoi moi que j'aille en ce lieu de mensonge
Pour m'élever feindre un coupable amour
Oh!... vous avez détruit mon plus doux songe
Mais je saurai rester digne en ce jour,  *(bis)*.
Je ne suis pas ambitieuse
S'il faut sacrifier mon cœur,
La gloire ne rend pas heureuse
Et moi, je cherche le bonheur.

assez monsieur, assez, je vois que j'ai perdu mon temps auprès de vous, je vois que vous ne comprenez rien à mon amour, rien à mes devoirs. Restez, monsieur, vous ne me trouverez plus sur votre passage.

Le Czar. Que voulez-vous faire?

Nathalie. Tomber aux genoux d'Alexis, on dit que c'est un prince généreux; il a pu, dans un moment d'humeur, commettre une injustice, mais, devant sa cour, il ne condamnera pas un vieillard, une jeune fille, parce qu'ils auront eu confiance en son équité.

Le Czar. Ecoute-moi.

Nathalie. Laissez-moi, monsieur!

(Elle sort.)

## SCENE VI.

### LE CZAR (*seul.*)

Comme j'aime cette noble colère. Non, non, cette indignation n'est pas feinte; sa belle âme rayonne dans ses yeux et colore sa figure; ne la laissons pas à son désespoir. Pauvre enfant! dans ce cortége des plus nobles filles de mon empire, il n'y en a pas une seule qui puisse l'égaler. Quand toutes s'agenouillent devant mon courtisan paré des insignes royaux, toi seule ne pense qu'à ton vieux père. Allons, il est temps d'abréger ses souffrances.

(Il prend son masque et sort; il pousse Bourakin.)

## SCÈNE VII.

### BOURAKIN, puis MICHEL.

Maladroit... Je l'ai bien examiné, oui c'est le czar, je l'ai reconnu de suite. Le sabre d'Ivan le Terrible, la chaîne de Wladimir le Grand et le chapeau, comme on l'a dit, avec un panache rouge. Quel regard lui a lancé la princesse ma fille! Quel être aurait résisté à ce feu étince...

lant. Aussi le monarque lui a offert sa main auguste, et désormais il ne la quitte plus ; oh ! je me vois au comble des honneurs.

(s'étalant dans un fauteuil.)

Dolgorouki, mon rival, pas de grâce, pas de pitié pour toi, tu apprendras à connaître la puissante maison de Bourakin (*Michel entre*). Qu'on ne laisse entrer personne, je suis occupé, je ne reçois pas. Faites venir le commandant de la garde, dites lui que le beau-père du Czar le fait appeler. Heureux Bourakin !

## SCÈNE VIII.

LE MÊME, MICHEL *s'avançant et se mettant à ses genoux.*

MICHEL. Monseigneur !

BOURAKIN. Que me veut-on ?

MICHEL. Grâce ! Grâce ! pour le malheureux Fédor, je suis venu auprès de vous monseigneur pour demander votre intervention.

BOURAKIN. Il nous semble avoir vu quelque part ce pauvre diable !

MICHEL. C'est chez moi, monseigneur, que vous êtes venu avec la princesse votre fille. Fédor mon ami, le père de Nathalie, de ma pupille, est emprisonné.

BOURAKIN. Qu'est-ce que cela me fait.

MICHEL. Vous pourriez le sauver.

BOURAKIN. Laissez-nous, nous avons à penser à des choses plus importantes.

MICHEL. Monseigneur ayez pitié des malheureux, Dieu vous en tiendra compte.

BOURAKIN. Allez pleurnicher ailleurs, vous voyez que sa majesté se dirige de ce côté avec la princesse ma fille.

MICHEL. Deux mots de vous au monarque.

BOURAKIN. Que le diable vous emporte avec votre ami, qu'on vous pende tous deux cela m'est bien égal. Sortez, n'interrompez pas le doux entretien des augustes fiancés. Oh ! quelle intimité ! quel charmant tête-à-tête ! Venez. Venez.

MICHEL. Monseigneur.

BOURAKIN. Allez vous dis-je.

MICHEL. De grâce.

BOURAKIN. Sortez ! Sortez !

Il le pousse.

## SCÈNE IX.

### LA PRINCESSE, PASTELLO.

Les masques circulent. L'orchestre exécute une musique douce.

PASTELLO. Voudriez-vous vous arrêter un instant dans ce salon ? nous serons seuls..

LA PRINCESSE. Comme il plaira à votre majesté, mon plus grand bonheur est de faire la volonté de mon maître et souverain.

La musique cesse.

PASTELLO. Restons donc ici et parlons franchement, mettons nos cœurs à découvert. Vous dites que je suis aimé ?

LA PRINCESSE. Comme personne ne l'a jamais été. A peine étiez-vous entré que mon cœur m'avait dit, voilà Alexis.

PASTELLO. Vous m'assurez que personne ne vous a fait connaître ni notre nom ni notre rang.

LA PRINCESSE. Personne.

PASTELLO. Quel instinct admirable, quelle perspicacité ! voilà ce que l'on appelle le langage de l'âme.

LA PRINCESSE. Votre marche majestueuse, vos paroles pleines d'une solennité royale m'ont inspiré ce respect ce bonheur que j'éprouve involontairement auprès de vous.

PASTELLO (*à part*). La Signora a pris l'odeur de la cuisine pour le parfum de la couronne. (*haut*) Vous seriez donc satisfaite de partager ma destinée ?

LA PRINCESSE. Oh ! je serais la plus heureuse des femmes !

PASTELLO. Peut-être n'est-ce pas ma personne mais ma puissance qui vous charme ? Peut-être n'est-ce pas Alexis mais le Czar qui vous plaît ? m'aimeriez-vous si le sort me ravissait mon sceptre ? Partageriez-vous ma bonne et ma mauvaise fortune ?

LA PRINCESSE. Oh oui !

## SCÈNE X.

### Les Mêmes, Le Czar.

Le Czar ( à part ). Les voilà, écoutons.

La Princesse. Mon amour est vrai, Sire, je n'aime que vous, je ne vivrai que pour mon époux. Seriez-vous le plus malheureux des hommes, je serais heureuse d'être auprès de vous et de partager vos souffrances.

Pastello ( à part ). Le Czar est là, (haut). Mais si vos prévisions vous avaient trompée, si les insignes royaux dont nous sommes recouverts n'étaient qu'une ruse, qu'un moyen innocent pour mieux sonder votre cœur, si au lieu du Czar je n'étais qu'un de ses plus humbles serviteurs, que diriez-vous?

La Princesse ( à part ). Il a le panache rouge, c'est lui, c'est bien lui. (haut) N'importe, je renoncerais à la couronne, j'oublierais ma naissance et j'accepterais votre main.

Le Czar ( à part ). Vraiment, c'est bon à savoir.

Pastello. Vous m'aimerez n'importe quel rang j'occuperai, et vous m'aimerez toujours?

La Princesse. Toujours.

Le Czar ( à part ). A merveille.

Pastello. Rappelez-vous bien votre promesse?

La Princesse. Elle est gravée dans mon cœur.

Le Czar ( à part ). Et dans le mien.

Pastello. Tout calcul fait, j'accepte et votre amour et votre main; je vous le dis franchement, sur mon âme, de tous les partis qui se sont présentés, je trouve que vous êtes le plus avantageux pour moi.

La Princesse. Sire, vos paroles me comblent de joie, c'est le plus beau jour de ma vie!

## SCÈNE XI.

### Les Mêmes, le Prince BOURAKIN.

Bourakin. Qu'on la chasse.

Pastello. Qui ose nous interrompre?

Bourakin. Sire, pardonnez-moi.

Pastello. Ah! c'est vous? c'est notre beau-père, soyez le bien-venu; nous sommes charmés de vous voir, M. le Prince.

Bourakin. Je ne voulais pas laisser pénétrer jusqu'à votre majesté une fille insupportable qui pleure, qui crie, qui a su ensorceler la moitié du palais; tout le monde la plaint, tout le monde s'intéresse à elle : je me suis permis de la devancer pour prier votre Majesté de la faire éloigner.

Pastello. De quoi se plaint-elle?

Bourakin. De rien, de rien, d'une séduction, d'un emprisonnement; elle ne parle que de son père, la voici.

Pastello ( à part ). Déploie toute ton adresse Pastello, montre au monde que si tu es un bon chef de cuisine, tu n'es pas un gâte-sauce sur le trône.

## SCÈNE XII.

### Les Mêmes, Nathalie.

Nathalie. Sire, c'est à vos genoux...

Pastello. Levez-vous mademoiselle, racontez-nous la cause de vos larmes?

Nathalie. Mon Dieu! que lui dirai-je? c'est sa voix, c'est lui, il ne me reconnaît pas, je perds mon assurance.

Pastello. Calmez-vous, que demandez-vous à votre monarque.

Nathalie. La liberté pour mon père, on l'a enfermé dans une prison.

Pastello. Quelle est sa faute?

Nathalie. Ah, Sire! c'est un noble vieillard qui a consacré sa vie au service du trône et du pays. Un jeune capitaine me parlait d'amour sans me parler de mariage. Mon père indigné, dans un accès de colère, prononça quelques dures paroles, voilà tout son crime.

Air: On dit que je suis sans malice.

Sire, c'est un vieux militaire
Qui dans un moment de colère
A pu blesser votre grandeur;
Mais moi je réponds de son cœur.
S'il fallait à l'instant sa vie
Pour le salut de la patrie,
Elle serait, car c'est sa loi,
A la discrétion du roi. ( bis )

Sire, j'implore votre générosité.

**Pastello.** Qu'en dites-vous, ma belle princesse?

**La Princesse.** Qu'on devrait plus respecter ceux qui approchent de la personne du Souverain, ces gens de campagne oublient souvent les égards qu'on leur doit; je pense qu'on a bien fait de donner une leçon à un de ces insolens.

**Pastello.** Comment, voudriez-vous approuver le séducteur qui s'introduit dans la maison d'un honnête homme pour troubler le repos de toute une famille? Voudriez-vous tolérer un pareil scandale? Pensez-vous que nous souffrirons un tel outrage aux droits sacrés des familles.

**La Princesse.** Non, non, Sire, je n'excuse pas le séducteur, seulement j'approuve l'emprisonnement du père de cette villageoise.

**Nathalie.** Sire, que votre clémence pardonne à un vieillard et nous quitterons la capitale, et dans notre village éloigné nous prierons l'Être suprême qu'il bénisse votre Majesté.

Air: *Connaissez mieux le grand Eugène.*

Ah ! pardonnez une parole amère
Qui mérita, Sire, votre courroux.
Pour implorer la grâce de son père
La pauvre fille embrasse vos genoux. ( *bis* )
Souvenez-vous dans la toute-puissance
Dont la bonté du Seigneur vous fit don,
Qu'un roi jamais ne se perd par clémence
Et qu'il grandit toujours par le pardon.

**Pastello.** Morbleu!.. Quel est l'homme qui a provoqué la colère de ton père?

**Nathalie** *hésitant.* Sire, je ne veux accuser personne.

**Le Czar.** Sire, le coupable c'est moi.

**Pastello.** Vous, capitaine? vous, destiné à donner l'exemple, vous, l'ornement de la cour, le premier dans nos affections. Par la couronne! je ne m'y attendais pas; comment pouvez-vous expliquer votre conduite?

**Le Czar.** Je n'ai rien à dire pour ma défense.

**Pastello.** Vous avez parlé d'amour à cette jeune fille?

**Le Czar.** Mille fois je lui ai répété que je l'aimais.

**Pastello.** Et vos paroles n'étaient que de l'hypocrisie?

**Le Czar.** Oh non ! je prends Dieu pour témoin que j'ai dit ce que je ressentais, et si je n'ai pas demandé sa main, vous le savez, c'est que la couronne m'imposait d'autres devoirs.

**Pastello.** Je me rappelle. C'est vrai, il n'est pas coupable. Dites-moi, belle princesse, comment réparer sa faute? pensez y bien et prononcez votre arrêt. Le monarque et la cour vous écoutent. Que votre décision nous donne une idée de votre sagesse et de notre justice, (*à part*) Elle réfléchit..

**La Princesse** (*à part*). Si je me débarrassais de cette fille que je déteste tant, ( *haut* ). Je crois qu'il existe un moyen de satisfaire tout le monde.

**Pastello.** Parlez, et par ma couronne votre arrêt sera exécuté.

**La Princesse.** Le capitaine aime cette jeune personne, et il affirme que c'est la couronne qui s'oppose à l'accomplissement de ses vœux, levons l'obstacle, consentons à leur union, que le jour de notre mariage devienne celui de cette jeune fille, son père sera satisfait et l'outrage oublié.

**Pastello** (*à part*). C'est ce que je désirais, (*haut*) : acceptez-vous cet arrêt, capitaine?

**Le Czar.** C'est à vous de commander et à moi d'obéir.

**Pastello.** Tous mes vœux sont accomplis. Qu'il soit fait comme vous dites, Princesse.. Capitaine, offrez votre bras à cette enfant, qui est digne de porter votre nom et de partager votre destinée. Nous irons tous deux devant l'autel. La Princesse m'aime, j'accepte son amour et sa main. Le même Pontife bénira notre union. Qu'on rende la liberté au prisonnier et qu'il vienne partager le bonheur de ses enfans; (*à Bourakin*): Êtes-vous content, Prince ?

**Bourakin.** Sire, quel honneur pour ma famille.

**Pastello** *à la Princesse.* Êtes-vous satisfaite?

**La Princesse.** Me voilà la plus heureuse des femmes.

**Pastello** *à Nathalie.* Vous n'êtes pas fâchée, je pense!

**Nathalie.** Je prierai Dieu qu'il bénisse votre règne.

**Pastello.** Hâtez-vous donc. (*à part*) :

Car il ne sera pas de longue durée. (*Haut*). A la chapelle Messeigneurs.

Musique pour la sortie du cortège.

## SCÈNE XIII.

Bourakin *seul*. A la chapelle!.. Je pleure de joie.. Va Princesse ma fille, monte sur le trône, moi ton père je te bénis. Puisse-tu donner de nombreux héritiers à l'Empire et que tes descendants aussi nombreux que les grains de sable de la mer, perpétuent à jamais l'illustre dynastie issue de la noble race des Bourakin.

## SCÈNE XIV.

### BOURAKIN, FÉDOR.

Bourakin. C'est le père de la jeune fille.

Fédor. Où me conduisez-vous? Que me voulez-vous? Faites moi fusiller une fois et tout sera fini.

Bourakin. Consolez-vous mon brave homme?

Fédor. Encore un homme de la cour que me voulez-vous?

Bourakin. Je vais vous apprendre une bonne nouvelle.

Fédor. Dites-moi donc où est ma fille?

Bourakin. Devant l'autel.

Fédor. Comment?

Bourakin. Je me suis intéressé en votre faveur, j'ai usé de mon influence pour obtenir votre pardon, j'ai fait plus, le capitaine séducteur est forcé de réparer sa faute, il va épouser votre fille. Voici les noces.

Fédor. Des noces! ma fille avec le capitaine?

Bourakin. Et le Czar avec la Princesse ma fille, quel honneur pour vous d'établir votre enfant le même jour et devant le même autel. Silence! les voilà.

Musique pour la rentrée du cortège.

## SCÈNE XV.

LE CZAR, LA PRINCESSE, LE PRINCE, PASTELLO, NATHALIE, BOU-RAKIN, FEDOR, MICHEL, LE CHAMBELLAN, L'OFFICIER, Seigneurs, Gardes.

Nathalie. Mon père, c'est à genoux que je demande votre bénédiction.

Fédor. Mon enfant, ma chère Nathalie.

Le Czar. Vous me pardonnez .. vous ne m'en voulez plus?

Fédor. Que tout soit oublié, rendez ma fille heureuse et je prierai Dieu pour vous, mauvais sujet.

Le Czar *ôtant son masque*. Il est temps que cette comédie finisse, Il faut rendre la couronne à celui à qui elle appartient. Qu'on ôte les masques.

Pastello. Sire, c'est à vos pieds que je dépose ma royauté pour reprendre mes fourneaux. Pardonnez-moi si appelé par vous à régner je n'ai pas su m'acquitter de ma tâche.

Le Czar. Levez-vous.

Bourakin. Vous êtes?

Pastello. Pastello cuisinier mon beau-père.

Bourakin. Ouf! je suis joué.

La Princesse. Pastello cuisinier!

Pastello. Votre mari adoré madame.

Le Czar. Seigneurs! et vous nobles Boïards. Voici votre czarine, inclinez vous devant Nathalie Narychkin.

(*Les pages apportent la couronne. Le Czar la met sur la tête de Nathalie agenouillée. (Musique.)*)

Nathalie. Dieu tout-puissant! aide-moi à porter dignement la couronne

Fédor. Ma fille czarine!

La Princesse. J'en mourrai de dépit.

Le Prince. Et moi donc.

Le Czar. Vous aimez votre mari madame, j'espère que vous le rendrez heureux.

CHOEUR :

Seigneurs, Seigneurs qu'ici chacun s'incline

Devant le choix l'heureux choix de { son / mon } cœur.

Voilà ! voilà notre Czarine

A cet hymen gloire et bonheur...

Tableau.

Le rideau baisse.

FIN.

Paris, Imprimerie P. BAUDOIN, rue des Boucheries S. G. 38.